Thore Stonewood

Tödliche Erinnerungen

AF236717

1.   Auflage, 2021

Idee und Text:
© Dr. med. Rolf Peter Hampel-Landsberg, 2021

Herausgeber:
Dr. med. Rolf Peter Hampel-Landsberg
Lessingstraße 24, 53721 Siegburg
thore.stonewood@mail.de

Titel und Umschlaggestaltung:
Dr. med. Rolf Peter Hampel-Landsberg
Daniela Landsberg

Korrektorat und Lektorat
Daniela Landsberg
Herstellung und Verlag: BoD – Books on Demand, Norderstedt
ISBN: 9783755777700

Bibliografische Information der Deutschen
Nationalbibliothek:
Die Deutsche Nationalbibliothek verzeichnet diese
Publikation in der Deutschen Nationalbibliografie,
detaillierte bibliografische Daten sind im Internet über
http://dnb.d-nb.de abrufbar.

Ich danke meiner Frau Daniela für die geduldige Unterstützung, die Motivation sowie die professionelle Durchsicht und Korrektur.

***

Nun saß ich bereits seit fünfeinhalb Jahren in der forensischen Psychiatrie und langsam nervte es mich gewaltig. Medizinische Fortbildungen und Fachbücher zu diesem Thema wurden mir verboten und so erlernte ich zwei Sprachen – Schwedisch und Ungarisch. Beides mit dem Hintergedanken, irgendwann bei früheren Heimmitbewohnern für eine Weile unterzukommen. Ein Homie ging nach Schweden und lebte ein nicht-kriminelles Dasein als selbsternannter Lebenskünstler an einem See. Der andere, dem ich deutlich näherstand, schlug eine eher kriminelle Laufbahn ein und wohnte irgendwo an der niederländischen Küste bei Rotterdam. Nebenbei gesagt, stammte er von einer deutsch-ungarischen Familie ab und könnte mir in seiner Geburtsstadt bei Budapest bestimmt das ein oder andere vermitteln. Außerdem war er ein Künstler in Sachen Papiere und Dokumente fälschen.

Seit circa drei Monaten bekam ich eine gewisse Hafterleichterung. Dies wurde mir nur ermöglicht, weil ich täglich Medikamente zur Beruhigung und Angstbefreiung bekam. Der einstündige Hofgang wurde wieder gestattet und ich durfte zu Einzelgesprächen mit den Fachärzten und dem neuen Anstaltsleiter. Und, dies lag mir besonders am Herzen, ich bekam einmal in der Woche die Möglichkeit, mich mit dem Anstaltspfarrer zu treffen. Alle Treffen fanden mit Begleitschutz von zwei kräftigen Männern statt. Einer war ein JVA-Beamter, der andere ein Fachpfleger. Beide hatten Pfeffer- und Tränengassprays sowie Handschellen dabei.

***

Der Pfarrer war ein netter Kerl, der, so würde ich sagen, keiner Fliege etwas zu Leide tun könnte. Er hatte meine Statue – ungefähr 180 cm groß und circa 90 Kilogramm Körpergewicht. Im Gesicht trug er einen Hipster-Bart, welcher leicht grau meliert war. Er trug stets eine tönungsdynamische Brille, die immer einen leichten Braunton der Gläser aufwies. Da mir der Bart optisch gut gefiel und ich ebenfalls diesen angedeuteten Grauton in meinen Bartstoppeln hatte, ließ ich mir auch so einen Hipster-Bart wachsen. Natürlich mit dem Hintergedanken, ihn baldmöglichst sinnvoll einsetzen zu können.

An einem Donnerstag stand wieder ein Gespräch mit dem Anstaltsleiter sowie einer Fachärztin an. Wir unterhielten uns für meine Begriffe recht nett. Es gab keine aggressiven Worte und ich wurde nach meiner Perspektive in Sachen

Bildung gefragt. Ich erzählte den beiden von meiner neu entdeckten Leidenschaft für Sprachen, welche bereits schon mehrere Monate anhielt. Ich erwähnte auch, dass ich mit dem Pfarrer sehr gute und beruhigende Gespräche führen konnte. Und so kam es dazu, dass mir weitere Treffen mit dem Pfarrer in der Anstaltskapelle ermöglicht wurden.

Bis zum nächsten Treffen beschäftigte ich mich mit der Haltung, der Mimik und der Sprache des Anstaltspfarrers. Mein Plan stand. Das nächste Treffen fand statt, ich schaute mich genau in den Räumlichkeiten um. Ein kleiner Vorraum mit einer Art Garderobe. Dann der Hauptraum der Kapelle. Ich zählte zwölf Sitzplätze. Oben, über dem kleinen Altar, hing eine Kamera. Pfarrer Hillbrecht verriet mir, wohl unbewusst, dass diese Kamera nur zur Gottesdienstübertragung genutzt werde. Zwei weitere Räume schlossen sich hinter dem Altar an. Ein kleiner

4

Vorbereitungsraum mit einem Schreibtisch sowie ein kleiner Vorratsraum mit Schmuck und anderen Dingen, die offenbar nützlich für einen Gottesdienst sind. Der Pfarrer zeigte mir alles und ich beobachtete seine Gesten. Wir nahmen jeweils auf einem Stuhl vor dem Altar Platz, drehten uns einander zu und unterhielten uns über – in der Tat – Gott und die Welt. Von meiner Seite aus war es ein sehr angenehmes und beruhigendes Gespräch. Es entspannte mich sehr und so war dies die optimale Ausgangsposition für das, was ich plante – nämlich so schnell und so sicher wie es ginge, hier rauszukommen. Bei der Verabschiedung bekam ich noch mit, wie der Pfarrer sich zu den Wachleuten drehte und sagte, dass beim nächsten Treffen diese nicht mehr anwesend sein müssten. Als ich das hörte, bekam ich wieder dieses herrliche Gefühl der inneren mentalen Befriedigung.

***

Ich hatte in meiner Zelle etwas Geld gehortet, sodass ich, wenn ich hier draußen war, ein paar Tage überleben konnte. Ich wollte sofort Kontakt mit meinem Homie in den Niederlanden aufnehmen, der mich an der belgischen Grenze, auf der belgischen Seite, mit dem Auto abholen sollte. Alles weitere würde ich ihm, wenn es soweit wäre, genauestens erzählen. Ich musste in jedem Falle wieder eine neue Identität annehmen, das stand fest.

***

Der Tag des nächsten ,Pfaffen-Treffens' stand an. Ich wurde bis zur Kapelle oder besser gesagt, zum Andachtsraum begleitet. Wir warteten vor der Tür. Pfarrer Hillbrecht öffnete die Tür von innen und bedankte sich bei meiner Begleitung.

Die beiden Kraftpakete schlenderten in Richtung Kantine. Wir gingen zu zweit in die Kapelle.

Hillbrecht setzte sich sofort auf einen Stuhl in der ersten Reihe. Ich setzte mich rechts vom Mittelgang auf einen gegenüberliegenden Stuhl. Er fragte mich nach meinem Befinden und welche Fortschritte ich mit meinen Sprachschulen machte. Wir redeten auch über Aggressionen und wie ich jetzt aktuell damit umginge. Zu meinem Erstaunen sprach ich darüber, als ob ich selbst eine psychologische Ausbildung genossen hätte. Ich glaube, Pfarrer Hillbrecht war über meine Ausführungen überrascht und ich fühlte, dass ich heute sein komplettes Vertrauen gewonnen hatte. Er sprach sogar über meinen Bart und sagte, dass ich ihm nun doch sehr ähnlich sähe. Ich sagte zu ihm, dass ich gerne nochmal in den kleinen Raum mit den Gottesdienstutensilien reinschauen mochte, welcher mir so viel Inspiration und meditative Gelassenheit gab. Er freute sich sehr darüber und ging sofort rasch auf die Tür zu, welche er mit seinem Transponder öffnete. Wir gingen hinein und ich setzte mich auf einen der beiden Stühle. Hillbrecht nahm den Stuhl, der eigentlich als Ablage für Textmaterialien diente. Hinter diesem Stuhl war ein Wandregal, auf dem sich Schmuck für Osterfeierlichkeiten und Weihnachten befand. Die von mir das letzte Mal ausgespähte Lichterkette war auch noch an ihrem Platz. Von den 45 Minuten waren erst 15 vergangen. Ich fragte ihn, ob ich einmal an das Regal dürfte. „Ja sicher", erwiderte er, „schauen Sie sich nur um." Dann ging alles sehr schnell. Ich griff nach der Lichterkette und wickelte sie innerhalb weniger Sekunden um seinen Hals und zog zu. Nach einer gefühlten Ewigkeit sackte Hillbrecht zusammen. In Wirklichkeit waren es wohl nur 40 oder 50 Sekunden. Um sicher zu gehen, zog ich die Schlinge noch eine weitere Minute zu. Trotz der Medikamente, die ich einnehmen musste, überkam mich das unbeschreiblich beruhigende und entspannte Gefühl, dass ich wieder alles im Griff hatte.

Ich zog dem Pfarrer die Kleidung aus und tauschte sie mit meiner. Zum Schluss kam noch die getönte Brille. Jetzt war ich der perfekte Pfaffe. Ich machte mich rasch mit seinem Transponder vertraut. Die Freischaltungen betrafen wohl fast den gesamten Komplex. Ich hatte mir zudem noch seinen Autoschlüssel gesichert. Wo er parkte, konnte ich jeden Tag von meinem Fenster aus beobachten.

Unauffällig marschierte ich als Eins zu Eins Kopie des Pfarrers schnurstracks Richtung Ausgang. Ich wurde sogar noch von den Angestellten und Wächtern gegrüßt. An der Pforte hob ich grüßend beziehungsweise ‚verabschiedend‘ die Hand. Der Summer öffnete mir die letzte Tür. Ich ging direkt zu dem grauen japanischen Auto des Pfarrers, schloss mit der Fernbedienung auf und startete ohne

Verzögerung den Motor. Mit dem Handy von Hillbrecht sendete ich eine Nachricht an meinen Kumpel Tamás bei Rotterdam, in der Hoffnung, dass er mich an der belgischen Grenze abholte. Nach fünf Minuten kam überraschenderweise schon die Zusage. Der Tank des Japaners war halbvoll – als Restfahrstrecke konnte ich 380 Kilometer ablesen. Zur Grenze waren es 170 Kilometer. Alles passte. Ich wusste, dass knapp sieben Kilometer vor der Grenze ein stillgelegter Baggersee war. Ich fuhr direkt dorthin.

Dort angekommen, manövrierte ich das Auto in Richtung eines steilen Abhanges. Gegenüber, in circa 300 Metern Luftlinie, wurde ein flacher Bereich ab dem Frühjahr als Strandbad genutzt. Vor dem Abhang drehte ich den Wagen nochmals und fuhr ein paar Meter vom Rand weg um ihn in eine Parkposition zu bringen. Bezüglich der Reifenspuren werden sich so keine Hinweise darauf ergeben, dass jemand ein Auto in dem alten Baggerloch versenkt hat. Schließlich ließ ich das Fahrzeug in den kleinen aber tiefen See rollen. Innerhalb weniger Minuten verschwand es komplett unter starker Luftblasenbildung. Die von der Parkposition zum Rand des Abhanges hin sichtbaren Reifenspuren entfernte ich rasch, indem ich die Erde-Sand-Mischung mit den Schuhen darüber schob. Da es am heutigen Tag immer wieder regnete, vertraute ich auf die Natur.

Meine innere Ruhe war wieder hergestellt. Die restlichen Kilometer bis kurz hinter die belgische Grenze ging ich strammen Fußes. Nach circa 90 Minuten sah ich schon in der Ferne ein silbernes Wohnmobil mit voller Beleuchtung stehen. Da es noch hell war, fing ich an zu winken. Nach einer Weile erwiderte jemand das Winken. Tamás sah mich. Nach einer kurzen aber intensiven Begrüßung setzte ich mich auf den Beifahrersitz des Wohnmobils und wir fuhren los Richtung Holland beziehungsweise Rotterdam. Während der Fahrt erzählte ich Tamás in knapper Zusammenfassung von meinen zurückliegenden Jahren und was alles so geschehen war. Er wirkte überraschend gefasst und unterbrach mich kein einziges Mal. Am Ende meiner ‚Berichterstattung' sagte er nur „Chris, irgendwie wusste ich in all den Jahren, dass wir uns auf eine skurrile Weise wiedersehen werden."

***

Jan Rühlemann war nun schon vier Monate als Medizinischer Sektions- und Präparationsassistent in dem Gerichtsmedizinischen Institut der Uniklinik an der Ostsee tätig. Ihm machte die Arbeit sehr viel Spaß – wobei Spaß vielleicht das falsche Wort war. Sagen wir, es erfüllte ihn täglich und die positiven Ergebnisse der Obduktionen, die immer wieder zu Ermittlungsergebnissen der Mordkommissionen und der Staatsanwaltschaft beitrugen, motivierten ihn stets aufs Neue. Bisher kam er auch nie zu spät zur Arbeit, die an den Werktagen immer um 07:00 Uhr begann. Da Rühlemann mit seinem Kleinwagen morgens im Berufsverkehr fast eine halbe Stunde zu seiner Arbeitsstelle brauchte, entschloss er sich vor ein paar Wochen, mit dem Fahrrad zu fahren. Dadurch sparte er fast 10 Minuten ein. An diesem Morgen holte er sein Trekking-Bike aus der Garage und schwang sich gutgelaunt auf den Drahtesel. Da es von seiner Straße, in der er eine kleine Dachgeschosswohnung mit zwei Zimmern eines Einfamilienhauses in einer wohlhabenden Gegend bewohnte, eine Zeitlang leicht bergab ging, kam er anfänglich immer auf eine ordentliche Geschwindigkeit. Dieses Mal schnitt er die erste Kurve ziemlich knapp, als er plötzlich einen schwarzen Wagen auf sich zukommen sah. Sofort leitete er eine Notbremsung ein, flog aber leider augenblicklich über den querstehenden Vorderreifen und den Lenker auf die Straße. Der

Fahrer des Autos bekam dies mit, hielt an und stieg aus. Mit aufgerissenen Augen kam er auf Rühlemann zu, der immer noch auf dem Boden lag. Er sah ihn erstaunt an und sagte: „Mensch Jan, jetzt habe ich dich erst erkannt. Hast du dir wehgetan? Du hast aber wirklich eine krasse Ideallinie eingeschlagen." Seine Worte überschlugen sich. Jetzt erkannte Rühlemann auch sein Gegenüber. Es war Oskar Petersson, der unmittelbare Nachbar von ihm beziehungsweise seiner Vermieterfamilie Hansen. Ein älterer Herr, 76 Jahre alt, welcher vor kurzer Zeit seine Frau an einer schweren Tumorerkrankung verlor. Jan Rühlemann raffte sich auf und war mit seinen 47 Jahren nach so einem Sturz erstaunlich schnell wieder auf den Beinen. Er dachte an die bevorstehenden Muskelschmerzen, die in den nächsten Tagen auf ihn zukamen. „Alles gut Oskar, ich war heute wirklich etwas zu flott unterwegs. Ich habe mir aber wohl nichts gebrochen, ich kann alles bewegen."

„Da hast du mir aber einen gewaltigen Schrecken eingejagt, Jan. Komm heute Abend vorbei, wir trinken einen, auf den guten Ausgang des Crashs." Rühlemann freute sich, fuhr dann noch einmal schnell nach Hause, um sich eine neue Hose anzuziehen, die bei dem Sturz ihre letzten Minuten hinter sich gebracht hatte. Nachdem er eine neue Hose angezogen hatte, schwang er sich erneut auf sein Bike und fuhr vorsichtiger in Richtung seiner Arbeitsstätte. Zum ersten Mal kam er zu spät.

***

Angekommen, im Institut für Forensische Medizin – Abteilung Morphologie – zog er sich schnell um und ging die Treppe zu den zwei Obduktionssälen herunter. Sein Chef, Privat Dozent Doktor Friedrich Kaltenborner stand schon mit seinen Mitarbeitern an dem ersten Obduktionstisch und besprach den ersten Fall des Tages. Rühlemann entschuldigte sich kurz für sein Zuspätkommen – sein Chef nickte ihm freundlich zu – und schaute dann konzentriert auf den Tisch mit der ersten Leiche. Es handelte sich um einen Mann um die 40. Er hatte einen angegrauten Bart und seine Haare lagen in einem fein gekämmten Haarkranz um seinen Kopf. Am rechten Oberarm war ein kleines Tattoo. Es zeigte ein Kreuz mit einem Herz drumherum. Der Mann wurde heute Nacht gegen 02:00 Uhr in einem Strandkorb gefunden. Seine Papiere sowie seine Geldbörse waren nicht mehr bei der Leiche. Offensichtlich handelte es sich demnach um einen Raubmord. Und das in dieser beschaulichen aber auch mondänen Stadt an der Ostsee, die auch ein großes, seriöses Spielkasino besaß. Sein Kollege Johann Malz – genannt Joey – öffnete den seltsamerweise komplett schwarzen und verrußten Mund des Toten. Alles in der

Mundhöhle war schwarz und sah verbrannt aus. Und zur absoluten Verwunderung der drumherum stehenden Spezialisten fehlte die Zunge des Toten. Zusätzlich fielen stark gerötete Augenschleimhäute auf – wie etwa bei dem Einsatz eines Pfeffersprays.

Das erste Resümee der Leichenschau erbrachte keine wirklichen Erkenntnisse bezüglich der Todesursache. An der herausgeschnittenen Zunge ist der Mann wohl nicht verstorben, trotz einer nicht unerheblichen Menge an altem Blut im Rachenbereich. Die Abtrennung der Zunge erfolgte augenscheinlich nicht stümperhaft. Sie wurde mit einem scharfen Gegenstand am Zungengrund relativ sauber abgetrennt. Danach hatte der Täter den Mundinnenraum mit einem Brenner völlig verbrannt. Aus welchem Grund machte ein Mensch so etwas – sollte das etwa ein Zeichen oder ein Merkmal eines Serientäters sein oder wollte man etwas vertuschen oder verbergen oder beides? Fest stand jedenfalls, dass keiner von dem vorhandenen Team so etwas jemals gesehen oder davon gehört hatte. Der Chef der Gerichtsmedizin protokollierte in ein über dem Obduktionstisch hängenden Mikrofon die Befunde. Die Hoffnung lag nun auch auf den asservierten Flüssigkeiten, wie Blut aus dem Herzen, Harnflüssigkeit, Magenflüssigkeit und Hirn- beziehungsweise Rückenmarkswasser, welche in die hiesige Toxikologie gingen. Zudem wurden Gewebeproben aus den Organen entnommen, welche histologisch untersucht wurden. Man erwartete die Ergebnisse am nächsten Tag.

***

Bedingt durch die Medien, verbreiteten sich innerhalb weniger Stunden die Meldungen der Leichenauffindung in einem Strandkorb. In den Wohnvierteln, egal ob nobel oder prekäre

18

Wohngegend, wurde viel geredet. Jeder machte sich Sorgen, jeder spekulierte. War es ein Racheakt, war es ein Serientäter oder war es schlicht ein Raubmord?

Der Bereich um diesen Strandkorb war aufgrund von Ermittlungsarbeiten immer noch gesperrt. Es wurde versucht, Fingerabdrücke zu sichern, der Sand in diesem Bereich wurde gesiebt und Proben genommen. An der Kunststoffinnenwand des Strandkorbes fanden sich einige feine getrocknete Flüssigkeitstropfen – wie von einem Sprühnebel herrührend. Diese wurden abgestrichen und in einen sterilen Behälter für eine Spektralanalyse gelegt. Natürlich fand man auch Blutspuren, die allerdings mit großer Wahrscheinlichkeit vom Opfer stammten. Trotzdem wurden aus sämtlichen Bereichen auch hier Proben entnommen.

***

Jan Rühlemann kam gegen 17:00 Uhr mit seinem
Fahrrad von der Arbeit zurück. Heute war es ein
recht anstrengender Tag – so ein krasser
Tötungsfall kam in dieser Stadt nicht sehr oft in
der Rechtsmedizin vor.

Als Rühlemann sein Bike abstellte, hörte er von
dem Nachbargrundstück eine Stimme: „Wäre
19:30 Uhr o.k.?" Da Rühlemann mit den
Gedanken noch auf der Arbeit war, wusste er
nicht sofort, wer ihn da ansprach. Nach ein paar
Sekunden wandte er sich in die Richtung der
Stimme und sagte: „Hallo Oskar, halb acht geht
klar!"

Nach dem Duschen und einer kleinen
Abendmahlzeit ging Jan Rühlemann hinüber zu
Oskar Petersson. Nachdem Petersson ihn nach
dem Befinden im Rahmen des Sturzes mit dem
Fahrrad gefragt hatte, plauschte man ein wenig

20

über den Tötungsfall in der Stadt. Petersson wusste, dass Rühlemann als Sektionsassistent in der Stadt arbeitete und versuchte Details über das Tötungsdelikt herauszubekommen. Jan Rühlemann sagte, dass er nicht direkt an diesem Fall dran sei und er aber auch keine Informationen nach außen geben dürfe. Das sah Petersson ein und so kamen sie auf das Thema Tod und die schwere, zum Tode führende Erkrankung und die Operation seiner Ehefrau. Nach zwei Stunden netter Unterhaltung und eineinhalb Flaschen Rotwein ging Rühlemann wieder in seine kleine Dachgeschosswohnung und leitete die Nachtruhe ein.

***

Ich kam mit meiner neuen Identität an der ungarischen Grenze an und gelangte ohne Komplikationen über diese. Mein erstes Ziel führte mich an den Balaton, dem Plattensee. Hier checkte ich für drei Nächte in einer kleinen familiären Pension ein. Den nächsten Tag verbrachte ich am Strand des wirklich platten Sees – man konnte sehr weit hinauslaufen. An einem Imbissstand versorgte ich mich mit ungarischen Spezialitäten und ging zufrieden in die Unterkunft zurück. Als ich nach den paar Tagen hier vom See abreiste, fiel mir der Abschied doch wirklich schwer, weil zum einen die Familie sehr hilfsbereit und gastfreundlich war und zum anderen, ich die Atmosphäre hier am See als einmalig empfand. Eine Mischung aus mediterraner Leichtigkeit und ungarischer Coolness prallten aufeinander.

Der Zug hielt in Budapest an. Mein erster Weg führte mich zu einem Miklos Titokzatos. Miklos und Tamás kannten und vertrauten sich seit Jahrzehnten. Tamás gewährte ihm vor 14 Jahren eine Zeit lang Unterschlupf, da er wegen Drogendelikten in den Niederlanden und Belgien gesucht wurde. Er wohnte in der Nähe des

Donauufers und der Kettenbrücke. Er holte mich unten an der Tür ab und wir gingen in seine geschmackvoll eingerichtete Drei-Zimmer-Wohnung, aus der man vom Schlafzimmer aus auf die Donau sah.

Miklos konnte ein bisschen Deutsch, ich sprach ein wenig ungarisch. Das Lernen in der ‚Anstalt‘ brachte doch etwas. Er gab mir Unterlagen, wie einen Lebenslauf, Zertifikate und ein Fachschulabschlusszeugnis. Eine Berufserlaubnis galt es allerdings noch zu verlängern. Dafür musste ich am nächsten Tag in ein Büro der Verwaltungsabteilung der Semmelweis-Universität in Budapest.

Ich zog das alles ohne Komplikationen durch – die Formalitäten in der Verwaltung wurden ohne Rückfragen erledigt. Später gab ich Miklos die vereinbarten 1500 Euro und bedankte mich noch in Form eines größeren Abendessens. Anschließend machte mich wieder auf den Weg nach Deutschland, um dort so schnell wie möglich meine Reise in den Norden anzutreten.

***

Nach zwei Tagen standen alle toxikologischen Ergebnisse fest. Im Blut fand sich eine erhöhte Menge an Kalium, was aber nicht ungewöhnlich für eine Leiche war. Des Weiteren wurden neben einem erheblichen Anteil an hämolysierten – also quasi aufgelösten, zerstörten roten Blutkörperchen – noch synthetisches, das heißt künstlich hergestelltes, Insulin gefunden. Im Urin fanden sich Abbauprodukte eines Muskelrelaxans, welches auch zur Operationsvorbereitung bei Narkoseeinleitungen verabreicht wird, um die Muskulatur zum Erschlaffen zu bringen, damit man zum Beispiel besser Intubieren oder größere Operationen an den Bauchorganen durchführen konnte. In der Magenflüssigkeit sowie im Hirnwasser zeigten sich keine Abnormalitäten. Irgendwie passte alles nicht zusammen oder der Täter hatte sich sehr viel Mühe gegeben, den Tod zu vollbringen. Das alles passt aber auch nicht zu einem klassischen Raubmord, bei dem in der Regel der Täter auf eine einfache und direkte Weise das Opfer zur Strecke bringt, um auch wieder schnell vom Tatort wegzukommen. Das hier sah aus wie ein Ritual. Wer schneidet einem die Zunge heraus und verbrennt den Mundraum?

Alle kriminalistischen Bemühungen liefen ins Leere. Man untersuchte das soziale Umfeld des Mannes. Gab es Freunde oder Bekannte, welche Schulden hatten und wussten, dass er hin und wieder spielte? Positiv an den Ermittlungen war zumindest, dass er sich am Vorabend der Tötung im Spielkasino aufhielt und laut Auszahlungsdokumentation 7000 Euro gewann. Waren es andere Spieler im Kasino, die dies mitbekamen? Auch in diese Richtung wurde straff geforscht. Alle anwesenden Besucher wurden befragt und genauesten auf ihre Vorgeschichte in Sachen Finanzen und Soziales untersucht. Leider fanden sich auch hier bisher keine Hinweise – nur oberflächliche Vermutungen.

***

Toxikologisch legte man sich – auch auf Druck der Staatsanwaltschaft – auf einen injizierten tödlichen Medikamentencocktail fest. Seltsamerweise fanden sich bisher aber keine Eindringpforten – also im Wesentlichen, Einstichstellen. Ein Merkmal solcher Einstichstellen können kleinste Hämatome im Bereich des Stichkanals sein, die man unter Umständen erst mit einer Lupe oder einer Lupenbrille sieht. Diese Information sollte aber noch nicht an die Öffentlichkeit gelangen, um die Bevölkerung nicht zu sehr zu beunruhigen und um die weiteren Ermittlungsarbeiten nicht zu behindern oder zu gefährden.

Selbst erfahrene, auf den Fall angesetzte Profiler und Psychologen, erkannten keinen Vergleich zu einer vorherigen Tat. Doch das sollte sich bald ändern.

***

Inzwischen waren fast zwölf Monate seit der Flucht des ‚Klinik-Mörders‘ aus der forensischen Psychiatrie der JVA in Nordrhein-Westfalen vergangen. Trotz umfassender Suchaktionen, Ermittlungsarbeiten und TV-Aufrufe waren noch keine weiterführenden Spuren oder positive Ergebnisse zu verzeichnen. Die einzigen Hinweise waren nach einer ‚Aktenzeichen-XY‘-Sendung Zeugenaussagen, welche Christoph Rainer Leinen angeblich in Ungarn am Plattensee und einmal im Bereich der Semmelweis-

Universität in Budapest gesehen haben wollten. Anfragen seitens der europäischen Behörden verliefen allerdings im Sande. Hotels oder Abteilungen der Universität hatten keine Dokumentationen über Leinen. Man recherchierte, ob Leinen auch etwas mit dem hiesigen Mordfall zu tun hatte. Jedoch konnte bisher kein genetisches Material identifiziert werden – und der Ablauf der Tötung passt überhaupt nicht zu den Morden von Leinen.

***

Die Spielsucht war erheblich und komplett einnehmend. Ihm war allerdings daran gelegen, nicht zu viel in die ‚Miesen' auf dem Giro-Konto zu rutschen, um bei eventuellen Ermittlungen nicht aufzufallen. Aber das war nur ein Teil des Motives.

Die Kindheit bei den Pflegeeltern war wohl noch der bessere Part. Die Zeit im Heim, mit den teilweisen päderastischen und sadistischen Betreuern und das aggressive Verhalten in der Homie-Gruppe, waren das, was schlussendlich dazu beitrug, eine bösartige psychopathologische Gestalt zu werden.

Er orientierte sich an dem Erscheinungsbild des leitenden Erziehers, welcher auch derjenige war, der ihn demütigte und sogar missbrauchte. Er war zur damaligen Zeit um die 50 bis 55 Jahre, untersetzt und hatte einen, wie er es nannte, ‚Hubertus-Bart‘. Er sah aus wie ein Jäger mit Kinn- und Schnurrbart. Das Grau dominierte im Schimmer des Bartes.

***

Ich spazierte, seit ich an der Ostsee wohnte, oft an meiner liebsten Steilküste entlang. Der Wind, das Meer, die Aussicht, alles schien perfekt zu sein, um ein ausreichend ruhiges Leben führen zu können. Das einzige Problem war das Geld, welches durch meine Schwäche, der Spielsucht, nie reichte und so musste ich mir immer rechtzeitig, um der Bankmahnung durch Überziehungen zuvorzukommen, etwas ‚besorgen'. Meine Identität schien stabil zu sein – ich war der unauffällig nette, zugezogene Herr. Ich wirkte wohl etwas spießig – aber das passte anscheinend in diese Region. Die norddeutsche Coolness legte ich mir schnell zu.

Ich spazierte immer zweimal in der Woche die gleiche Strecke. Sonntags gegen 18:00 Uhr, freitags eine Stunde später. Ich liebte es, in der aufkommenden Dunkelheit diese Runde zu drehen. Störende Geräusche gab es keine – ich genoss nur das Rauschen und das Brechen der Wellen an der steinigen Wand. Freitags begegnete mir immer ein älteres Paar – so um die 70 Jahre, welche ihre Runden drehten. Sie sahen wohlhabend aus und mit der Zeit kam es außer einem ‚Hallo' auch zu einem kleinen Smalltalk.

Ich erfuhr, dass sie direkt in der Nähe der Steilküste wohnten und, dass die Frau schwer krank war und ihr die frische Luft sehr guttat. Eines Abends drehte ich vorzeitig auf der Strecke um und verfolgte das Paar bis nach Hause. Sie wohnten in einer Villa aus den 70ern, mit einem Flachdach und einem großen Garten. In der Hofeinfahrt stand ein großes Auto einer süddeutschen Automarke. Hier schien Geld im Spiel zu sein – wenn sie nicht spielten – sagte ich selbstironisch zu mir.

Leider begegnete ich diesem Paar einige Zeit später überhaupt nicht mehr. Auf der einen Seite machte ich mir komischerweise wirklich Sorgen, auf der anderen Seite sah ich etwas ‚davonschwimmen'.

Zwei Wochen später sah ich ihn plötzlich wieder – alleine. Er wirkte gebrechlich, krumm, ging langsam und war fahl im Gesicht. Er hatte sich einen Schnur- und Kinnbart wachsen lassen –

einen ‚Hubertusbart'. Ich sprach ihn an und fragte, wo seine Frau wäre. Er blickte langsam an mir hoch, mit Tränen in den Augen und sagte, dass sie vor drei Wochen auf einer palliativen Station an ihrem Krebsleiden verstorben sei. Ich kondolierte höflich – es tat mir wirklich irgendwie leid. Auf der anderen Seite konnte ich meinen Plan nun sicherer und ohne Zeugen ausführen. ‚Ich gebe dem armen Menschen noch eine Woche Zeit zu trauern, dann werde ich ihn zu seiner Frau bringen', dachte ich mir.

***

Während sich in der Mordkommission der Stadt zwei Ermittlungsgruppen immer noch um den Mordfall im Strandkorb kümmerten – bisher allerdings mit wenig Erfolg – trat in dem Institut für Rechtsmedizin wieder Ruhe ein. Man bearbeitete und obduzierte Unfälle, Suizide und ‚normale' Tote, bei denen der erstsichtende Arzt, meistens ein Notarzt, auf dem Totenschein ‚Todesursache unbekannt' oder ‚unnatürlich' ankreuzt hatte. Also Routinearbeiten für das Team. Dies sollte sich jedoch bald ändern.

***

Nach meiner Runde schlich ich um die Villa des nun alleinstehenden Herrn. Im Wohn- oder Lesezimmer brannte ein schwaches Licht. Ich ging durch das offene Hoftor und zog mir hinter einem Gebüsch einen Ganzkörperoverall und Einweghandschuhe an. Meine Ersatzschuhe legte ich hinter das Gebüsch. Ich schaute sicherheitshalber noch einmal durch die Fensterscheibe und sah den Herrn alleine in einem Lesesessel sitzen. Er schaute sich, dem Anschein nach, alte Bilder an – bestimmt von seiner Frau. Ich hatte alles dabei. Das CS-Gas Spray, das Pfefferspray, ein Skalpell, den Tox-Cocktail zum Injizieren und mein allerliebstes

Stück – den Flambierbrenner. Er konnte bis auf 1300 Grad Celsius erhitzt werden. So brachte ich die Blutung nach dem Zungenschnitt zum Stillen und konnte außerdem die Einstichstellen durch den Verbrennungsschaden unkenntlich machen. Das Schlimme war, ich wusste, wie krank ich war, doch motivierte mich das Wissen darum umso mehr. Ich schellte an der Haustüre. Nach einer Weile wurde sie geöffnet. Ein überraschter Blick traf mich. Dann traf ich ihn mit meinen Sprays. Er war sofort reaktionsunfähig. Wie er lufthechelnd da lag, sah er aus, wie eine Eins zu Eins Kopie meines damaligen Peinigers aus dem Heim. Heim, genau. Ich werde es ihm heimzahlen. Ich führte alles wie ein Roboter aus. Zum Schluss durchsuchte ich ein paar Schubladen und fand circa 8500 Euro in verschiedenen Scheinen. Das half mir erst einmal, einige Wochen über die Runden zu kommen. Ich hatte die innere Ruhe wiedergefunden, die ich schon einige Mal spürte und immer wieder genoss.

***

Jan Rühlemann traf sich zum Mittagessen hin und wieder mit einem Assistenzarzt des pathologischen Institutes. Er lernte ihn zum Beginn seiner Tätigkeit kennen, da dieser damals noch in der Rechtsmedizin tätig war. Der Arzt, Doktor Rüdiger Pechmann, war neben seiner beruflichen Tätigkeit noch ein leidenschaftlicher Jäger. Er brachte Jan Rühlemann regelmäßig Wildfleisch mit, welches er selbst erlegte und zubereitete. Rühlemann fand dies herrlich und erhielt jedes Mal eine solch große Menge, dass er seinem Vermieterehepaar sowie seinem alleinstehenden Nachbarn immer eine Portion Fleisch abgab. Oskar Petersson, sein Nachbar, verfütterte das Fleisch allerdings an die beiden Mischlingsrüden Rubi und Ralli, auf die er regelmäßig aufpasste. Man hatte das Gefühl, die Hunde spürten schon einen Tag vorher, dass ein außergewöhnliches Festmahl auf sie zukam. An diesem Freitag war es wieder soweit. Sein Kollege Pechmann war am vergangenen Wochenende wieder unterwegs in seinem und des Vaters Jagdrevier gewesen, um den Wildbestand unter Kontrolle zu halten. Nach dem Mittagessen in der Kantine ging Rühlemann kurz mit in die angrenzende Pathologie, um das gekühlte Fleisch in Empfang zu nehmen. ‚Na, da werden sich aber ein paar Kreaturen freuen', dachte er.

***

Rühlemann trat Montagfrüh entspannt und gut ausgeruht seine Dienstwoche an. Die Fahrt zur Arbeit mit dem Fahrrad gelang auch diesmal ohne Blessuren. Er hatte aus dem ‚Bergherunterheizen' gelernt und fuhr nun immer gemächlich zu seiner Arbeitsstelle. Im

Umkleideraum angekommen, wurde er bereits von Joey mit den Worten: „Hey Jan, es ist wieder passiert. Der Nächste mit roten Augen, herausrausgeschnittener Zunge und verbranntem Mund", begrüßt. „Wahnsinn!" Rühlemanns Gesicht erstarrte und er sagte leise: „Meine Güte und das hier in dieser ruhigen Stadt. Man weiß ja gar nicht mehr, wo man noch hingehen kann. Weißt du schon mehr darüber, Joey?" Er verneinte und wies auf die gleich stattfindende Besprechung hin, bei der auch der Staatsanwalt Mühlbach und die Hauptkommissare Beate Schillmann und Joachim Pottschwenk anwesend sein würden.

***

Die Zusammenfassung des Falles führte der Staatsanwalt Mühlbach aus. Es handelte sich um den 69jährigen Paul-Friedrich Jansdorf. Er wurde auf dem Rücken liegend in seinem Haus im

Küstenhain 26 gefunden. Die Leiche wurde entdeckt, da der Sohn, der in Hamburg lebt, ihn jeden Abend gegen 19:00 Uhr anrief. Da er mehrere Stunden nicht an das Telefon ging, benachrichtigte er das Nachbarehepaar, welches sich mittels eines dort hinterlegten Schlüssels für den Notfall, sofort Zutritt in das Haus verschafften und Jansdorfs Leiche fanden. Die unmittelbar benachrichtigte Mordkommission sowie die Kriminaltechnik und der bereitschaftsdiensthabende Rechtsmediziner – in diesem Falle Doktor Ralf Kammer – untersuchten die Leiche und den Tatort mehrere Stunden lang nach Spuren. Augenscheinlich wurden zunächst keine Auffälligkeiten asserviert oder gesichtet. Es gab keine Reifenspuren, keine Fuß- oder Schuhabdrücke. Irgendwelche Fasern, welche nicht zu der Kleidung von Jansdorf zugeordnet werden konnten, fanden sich auch nicht. Die Beweislage sah sehr mager aus. Das Offensichtliche, die Verrußung des Mundes, die roten Augen und die fehlende Zunge sprachen allerdings für sich.

***

Mein erstes Ziel mit den neuen Papieren nach dem Ungarn-Trip lag in Mecklenburg-Vorpommern. Eine kleine Stadt – oder sagen wir, ein größeres Dorf – etwa 30 Kilometer südöstlich von Rostock. Hier fragte ich bei einem Campingplatzwart, ob er noch einen kleinen Wohnwagen für ein paar Wochen frei hätte. Ich legte meine Identitätsnachweise vor und erzählte ihm die Geschichte eines betrogenen Ehemannes, welcher sich eine Weile den Kopf freimachen müsste. Alles kam sehr glaubwürdig rüber und so vergingen die Wochen wie im Flug. Ich versuchte meine Kontakte auf ein Minimum zu beschränken. Die meiste Zeit, wenn das Wetter es zuließ, verbrachte ich an der frischen Luft. Mein neuer ungarischer Freund Miklos deckte mich mit allerhand zum Lesen in Bezug auf Allgemeinwissen und Fachspezifischem ein. So war ich sozusagen rund um die Uhr sinnvoll beschäftigt und konnte in Ruhe meine Zukunft sowie die Möglichkeiten des ‚Finanzzugewinnes‘ planen. Ich dachte, realistisch könnte ich in circa vier Wochen meine ersten Bewerbungen wegschicken. So war es dann auch. Weitere zwei Wochen später erhielt ich eine Einladung zu einem Bewerbungsgespräch sowie zu einem Tag Hospitation in einer größeren Stadt in Schleswig-Holstein.

Der Arbeitstag war sehr gut, ich fühlte mich fast ‚wie zuhause‘. Alle Mitarbeiter waren sehr herzlich und zuvorkommend. Sie gaben mir das Gefühl, mit nun fast 50 Jahren noch ‚integrationsfähig‘ in der Arbeitswelt zu sein und ich hatte das Gefühl, die Chancen in das Arbeitsteam aufgenommen zu werden, schienen sehr gut.

Das am Ende des Arbeitstages stattfindende Abschluss- beziehungsweise Bewerbungsgespräch verlief auch sehr gut und man versprach mir, dass ich die Stelle zu 90 Prozent bekommen würde.

Nach knapp zwei Stunden Fahrtzeit war ich wieder im Wohnwagencamp an dem kleinen schönen See angekommen und ging erst einmal duschen. Die Atmosphäre und das Arbeitsumfeld war ich nicht gewohnt und ich musste mir sozusagen erst einmal den ‚Schmutz des Tages' abwaschen. Abends klappte ich meinen Laptop auf und machte mich daran, in der eventuellen neuen Stadt meines Arbeitgebers eine kleine Wohnung zu suchen.

Ich fand relativ schnell eine kleine Wohnung in einem Einfamilienhaus am Stadtrand. Ich sagte sicherheitshalber erst einmal zu, mit dem Hintergedanken, falls es mit der neuen Stelle doch nichts werden sollte, dass ich immer noch absagen konnte.

***

Der 69jährige Obduzierte lag in den Ausmaßen bezüglich Größe und Gewicht deutlich über dem Body-Mass-Index der ersten Leiche im Strandkorb. Das einzig Ähnliche war, wie schon erwähnt, die verbrannte Mundhöhle mit der fehlenden Zunge und dem Schnurr- und Kinnbart sowie der Halbglatze. Sämtliche Körperflüssigkeiten gingen wieder in die Toxikologie und man erwartete unter Spannung stehend die Ergebnisse.

***

Rühlemann machte sich nach dem Arbeitstag Gedanken, ob es von Seiten der Vermieter möglich wäre, in nächster Zeit einmal alle

Kollegen, den Nachbarn sowie natürlich die Vermieter selbst zu einem Grillabend einzuladen. Rühlemann hatte noch genug Wildfleisch von seinem Kollegen eingefroren, ein paar weitere Grillfleischsorten wollte er zu den Getränken noch besorgen.

***

Am nächsten Tag standen gegen Mittag bereits die meisten toxikologischen Ergebnisse fest. Man erkannte eine ähnliche Zusammensetzung wie bei dem ersten Opfer. Allerdings waren die ermittelten Dosen an Insulin und dem Muskelrelaxans deutlich grösser als bei der vorherigen Leiche. Man ging davon aus, dass der tödliche Cocktail irgendwo in die Region injiziert wurde, die komplett ausgebrannt war. Im Sektionsgut der Rachen oder Unterzungenmuskulatur fanden sich seltsamerweise aber nicht die kleinsten Hämatome als Zeichen der Einstichstelle.

Die kriminalistischen Ermittlungen in diesem und dem anderen Fall bekam das Obduktionsteam – außer vielleicht der Chef Doktor Kaltenborner – nicht wirklich mit. Es kam hier und da zu Nachfragen der Kollegen, wie der Stand der Ermittlungen sei, die Antworten fielen allerdings immer sehr frustran und pessimistisch aus. Die Chancen, den Täter in nächster Zeit zu ermitteln, schienen im Moment sehr aussichtslos. Das frustrierte und demotivierte das gesamte Team und man merkte deutlich die gedrückte Stimmung in der Abteilung. Da kam die Einladung von Jan Rühlemann am kommenden Freitag einen Grillabend zu veranstalten, genau richtig.

***

Um 19:30 Uhr waren fast alle im Garten der Vermieter von Jan Rühlemann angekommen. Einige brachten noch Salate mit, andere Wein oder einen Kasten Bier. Rühlemann freute sich sehr und legte bereits die zweiten Portionen auf den Grill. Da tauchten noch zu guter Letzt Pottschwenk und Schillmann vom Kommissariat auf und vervollständigten die nette Runde. Schließlich nahm der Vermieter Hansen Jan Rühlemann die Grillzange aus der Hand und sagte: „Ist schon ok, kümmern Sie sich nun um Ihre Gäste." So wurde der gesellige Abend ein langer Abend und in Sachen Smalltalk erfuhr man dann auch von den beiden Kommissaren, dass es im Grunde genommen noch keine Spur zu dem Täter – dem Mörder der beiden Männer – gab. Gegen 23:45 Uhr verließen die letzten Gäste zufrieden und satt den Garten von Hansen.

Am darauffolgenden Montag bedankten sich noch einige der Kollegen herzlich bei Rühlemann und gaben in Aussicht, der nächste Gastgeber für einen Grillabend zu sein.

***

Die Stimmung im Kommissariat war weiter eher gedrückt. Kriminaltechnisch waren fast alle Untersuchungen abgeschlossen – einen Erfolg konnte man allerdings nicht verbuchen. Hauptkommissarin Beate Schillmann konnte außer der schon erwähnten optischen Ähnlichkeit bezüglich der Physiognomie des Kopfes, des Bartes und des Haaransatzes keine Besonderheiten ausmachen. Sie besprach sich mit dem Ermittlungsteam und man einigte sich, eine Zeitungsmeldung herauszugeben, die es wohl in dieser Form noch nie gegeben hatte. Man ließ eine Zeichnung von einem männlichen Kopf anfertigen, zeichnete einen Schnurr- und

Kinnbart sowie eine Halbglatze hinein. Zu guter Letzt formulierte man „*Vorsicht, wenn Sie diese Ähnlichkeit haben und viel Bargeld am Körper tragen oder zu Hause aufbewahren*", dann folgte ein Artikel über die beiden Verbrechen in drei der größten Stadt- und Regionalzeitungen. Am Schluss riet man, bei Auffälligkeiten in Bezug auf Beobachtungen von fremden Personen – sei es die eigene Person oder das Haus betreffend – sofort die Polizei zu benachrichtigen. Hierdurch erhoffte man auf der einen Seite, mehr Informationen zu erhalten und andererseits, dem Täter zu zeigen, dass man nun die Bevölkerung gewarnt hat und hellwach ist. Allerdings hatte man am Ende des Tages nicht mit den Konsequenzen dieser Vorgehensweise gerechnet. In der Polizeifunkzentrale gingen unzählige Anrufe ein. Zum Beispiel „ein weißer Lieferwagen würde schon längere Zeit vor dem Haus stehen" oder, „ein Jogger ist bereits viermal an mir vorbeigelaufen" oder, „wir hatten immer den gleichen Briefträger – heute war es ein neuer". Mit so vielen unbrauchbaren Informationen hatte man nicht gerechnet. Bezüglich der ersten Meldung war es ein Fahrer von Amazon, der eine Pause machte, im zweiten Fall war der Jogger einfach schneller als der hundeausführende Herr in dem kleinen Park und im letzten Beispiel war der Stamm-Postbote krank und eine studentische Aushilfe sprang für ihn ein. Trotzdem – man sah es positiv – die Bevölkerung war gewarnt und so verging eine Zeit voller in die Leere laufenden Ermittlungen.

***

Meine Zeit als Sektionshelfer brachte mich wirklich manchmal an meine Grenzen. Obwohl ich mir vor Jahren viele medizinischen Kenntnisse angelesen und noch mehr in meinen Tätigkeiten als ‚Arzt' gesehen und erlebt hatte, ließen mich manche Obduktionen nicht ganz kalt. Hin und wieder kamen junge Menschen, welche einen suizidalen Tod gestorben sind. Selten – zum Glück – Kinder. Daran konnte ich mich niemals gewöhnen, auch wenn ich versuchte, es komplett professionell und emotionsfrei zu sehen.

So war auch dieser Tag geprägt von einer Sektion beziehungsweise Obduktion eines Kleinkindes, welches – und das wusste man bereits – von der eigenen Mutter erstickt wurde. Was geht nur in diesen Augenblicken in den Köpfen dieser erwachsenen Personen vor? In diesem Fall war die Mutter noch nicht wirklich erwachsen – sie war minderjährig und hatte Angst vor den Konsequenzen ihrer Eltern. Sehr schrecklich und krank diese Denkweise aber man konnte im Augenblick ja nicht hinter die sozialen Gegebenheiten ihres Umfeldes blicken. Mit diesen Gedanken und relativ unkonzentriert fuhr ich mit dem Fahrrad nach Hause. Im Bereich der Fußgängerzone, in der ich langsam mit meinem

Rad fuhr – ok, ich bin schon zweimal von Polizisten erwischt worden, nahm allerdings immer noch diese Abkürzung – fiel mir schon seit mehreren Wochen dieser schwarze englische Sportwagen auf, welcher stets um diese Uhrzeit vor der Bank parkte. Der Besitzer des Wagens schien wohl irgendwelche Tageseinnahmen oder zumindest einen Teil dieser in den Einzahlautomaten zu geben. Ich lehnte mein Fahrrad an die Scheibe der Filiale und trat in den Bankautomatenraum hinein. Dort sah ich den total unsympathisch wirkenden, grauen Anzug tragenden, Herrn, ein wenig untersetzt mit einem Kinnbart und einer Halbglatze. Ok, jetzt wusste ich, warum er mir komplett negativ rüberkam. Beim Wiederherausgehen aus der Filiale schaute ich noch einmal auf das Heck des Autos, auf welchem sich ein kleiner Aufkleber befand ‚Spielhalle Am Markt'. Perfekt, jetzt wusste ich, wie ich den Unsympath bekam.

***

Am nächsten Tag standen vier relativ unspektakuläre Fälle auf dem Obduktionsprogramm – ein verunfallter Autofahrer in der Nacht, ein älterer Herr nach Suizid durch Erhängen, ein Todesfall nach einer Bauchoperation sowie eine totaufgefundene ältere Dame, welche laut Aussage einer Pflegekraft noch am letzten Besuchstag im Altersheim einen heftigen Streit mit dem Bruder hatte. Ich merkte, dass ich an diesem Tag jedoch nicht ganz bei der Sache war und mich stattdessen gedanklich permanent mit dem Anzugträger und dem Geld befasste, welches er in die Bank transportierte. Es kam dazu, dass ich vor lauter Unkonzentriertheit das Asservieren der Körperflüssigkeiten vergaß und so bekam ich prompt einen ordentlichen ‚Anschiss‘ von meinem Chef. Ich sollte meine Probleme zu Hause lassen und das Herumgrübeln auf die Zeit im Sessel verschieben. Er schaute mich dabei relativ streng und böse an. Vor einigen Jahren verkraftete ich diese barsche Art der Kritik noch nicht und ich hätte damals genau gewusst, wie dieses geendet hätte. ‚Da hat die forensische Haftanstalt doch ein paar positive Dinge bewirkt‘, dachte ich. Ok, die Abneigungen gegen den Heimtherapeuten in der Jugendstrafzeit und die Spielsucht konnten sie mir in der Forensik nicht wegtherapieren.

***

Eines Tages, mein Fehler mit der vergessenen Asservierung war wohl verziehen, bestellte mein Chef mich in sein Büro. Ich machte mir ernsthaft Gedanken, ob ich aufgeflogen war oder meine Echtheit der Ausbildung angezweifelt wurde. Angekommen, durfte ich vor seinem Schreibtisch platznehmen und bekam erst einmal eine Tasse Kaffee hingestellt. Vor Doktor Kaltenborner lag meine Personalmappe und darauf seine Lesebrille. Ich wurde innerlich immer unruhiger, wirkte nach außen hin aber wohl sehr kühl und verkrampft. Er las meinen falschen Lebenslauf laut vor und zitierte das letzte Zeugnis von der Semmelweis-Universität in Budapest, an der ich ja – offiziell – meine Ausbildung absolviert hatte. Plötzlich sprach mich mein Chef auf Ungarisch an und fragte mich, wie es mir ginge und wie lange ich in Budapest gewesen sei. Ich verstand sofort sein Ansinnen und antwortete ihm wie aus der Pistole geschossen in perfektem Ungarisch: „Danke, mir geht es sehr gut. Ich habe etwa ein halbes Jahr lang an der zertifizierten Ausbildung bei Herrn Professor Kowasz teilgenommen." Zum Schluss sagte ich ihm noch, dass er sehr gut Ungarisch spräche und fragte ihn, wann und wo er das gelernt habe. Er antwortete mir wieder auf Deutsch, dass seine erste Frau Ungarin gewesen sei und er mehrmals im Jahr in Budapest war. Durch dieses kleine Gespräch war ein, vielleicht durch mein Missgeschick, vorhandener Vertrauensverlust wieder ausgeräumt. Wir plauderten noch eine Weile und dann machte ich mich wieder an meine Arbeit. Endlich – so konnte ich mich wieder auf meine Pläne konzentrieren.

***

Petersson verfütterte die Reste dessen, was sein Nachbar Jan Rühlemann hin und wieder an Fleisch von seinem Kollegen, dem Jäger, bekam und ihm dann rüberbrachte, an ‚seine' Hunde, die es ihm mit schleckender Zunge und wedelten Schwänzen dankten.

Mittlerweile beschäftigte er sich auch mit den beiden Todesfällen in der Stadt, recherchierte die Zeitungsausschnitte oder las im Internet nach. Natürlich fiel ihm auch auf, dass er in das von Seiten der Polizei über die Medien verbreitete ‚Beuteschema' des Mörders passte. Dies beunruhigte Petersson aber nicht, da er ja die beiden Hunde hatte, auf die er aufpasste und immer sehr vorsichtig und behutsam in seinem Alltag war. Außerdem hatte er ja seinen Nachbarn Jan Rühlemann, welcher ihm sicherlich sofort zu Hilfe eilen würde, falls er um Hilfe schreien würde. Sein Bargeld, in einer Holzschachtel in der Vitrine, belief sich auf ca. 16.000 Euro. Er hob immer 200 Euro mehr als nötig ab und sparte es in seinem Haus für seinen Enkel, der in Amerika lebt sowie für den Notfall, der hoffentlich nie eintreten würde.

Eine Sache an den Morden fand Petersson ziemlich skurril und unlogisch. Warum schnitt der Mörder Zungen heraus und vor allem, was machte er damit? Er schaute ins Leere, dachte darüber nach und starrte dann in die Fressnäpfe der Hunde. „Echt irre, was in manchen Menschen so vor sich geht", murmelte er beim Einsammeln der Näpfe und ging in Richtung Küche.

***

Der Plan, wie ich den ‚Spielhallenfuzzi' erledigen konnte und an das Geld käme, war noch nicht ganz ausgegoren. Der Schlussakkord sollte am besten im Foyer der relativ dunklen Spielhalle stattfinden. Aber ich kannte die räumlichen Verhältnisse nicht. Also musste ich mich erst einmal aufmachen, um die Öffnungszeiten des Ladens zu studieren sowie auch einmal in den Laden zu gehen. Ich nahm mir 200 Euro mit – ansonsten spielte ich im Stadtcasino einmal in der Woche für 300 Euro. Meistens verlor ich. Die anderen Spiele erledigte ich über das Internet wobei ich dort auch circa 100 Euro die Woche ausgab. Das passte alles nicht zu meinem Budget und meinem monatlichen Verdienst von knapp 2200 Euro netto. Die Miete von 550 Euro war für die kleine Dachgeschosswohnung bei den Hansens noch nicht abgezogen. Mein Konto war demnach immer in den roten Zahlen.

Montags machte die Halle schon gegen 17:30 Uhr zu und dies war auch der Tag, an dem ich den Besitzer immer gegen 18:00 Uhr an der Bank sah. Montags ging es meistens bei uns etwas länger als sonst bis um 16:00 Uhr, da sich am Wochenende einige Leichen ansammelten.

Gegen 17:15 Uhr betrat ich die Spielhalle und schritt durch das dunkle Foyer in die relativ dunkle Halle, in der viele kleine LED-Lämpchen aus allen Ecken leuchteten. Rechts hinten sah ich eine kleine Theke, an der Kaffee und nicht alkoholische Getränke ausgeschenkt wurden. Im Moment des Eintretens in die Halle waren nur zwei Personen dort. Zum einen saß ein junger, südländisch aussehender Mann an einem Spielautomaten und der andere Mann war der Besitzer selbst, welcher mich sofort mit herbem Ton anraunzte: „Hallo, junger Mann, wir schließen. Sie dürfen wieder umkehren." Ich vernahm nur am Rande seine Worte, winkte ihm verständnisvoll zu und drehte mich wieder

Richtung Ausgang. Im kleineren, dunkleren Foyer sah ich mich genau um und vor meinen Augen lief genau der Film ab, den ich in einer Woche hier abspulen werde. Alles passte. Ich ging wieder nach draußen. Das Tageslicht kam mir extrem hell vor. Ich schob mein Fahrrad ein wenig von der Spielhalle weg und lehnte mich dann daran. Ich wartete bis er erschien. Ich wartete darauf, zu sehen, in welcher Hand er die Ledertasche mit den Einnahmen hielt. Der Südländer kam heraus. Keine zehn Minuten später verließ der Besitzer seinen Laden. Mann heraus. Die Tasche in der linken Hand und den Autoschlüssel in der rechten. Nein, es war der Transponder der Haupttüre des Casinos. Ein Gitter rollte sich noch vor der Türe herunter. Ich habe alles gesehen, was ich sehen wollte. Ich checkte noch das Umfeld bezüglich öffentlicher Kameras, konnte aber keine ausfindig machen. Zufrieden und entspannt fuhr ich nach Hause.

***

Der Tag war gekommen. Ich konzentrierte mich auf das, was zunächst hier an Obduktionen vorlag. Das vergangene Wochenende war wohl relativ ruhig gewesen. Es lagen nur drei Leichen vor, die obduziert werden mussten. Alle Fälle wurden aufgrund der vorliegenden Untersuchungen zunächst nicht der Staatsanwaltschaft übergeben. Natürlich wurden die toxikologischen Untersuchungen zur endgültigen Befundung noch abgeschlossen.

Alles lief reibungslos, alle Leichen waren bereits bis 15:30 Uhr durch und die Sektionstische waren wieder gesäubert. Nun begann ich, in dem kleinen Aufenthaltsraum noch einmal alles mental durchzugehen. Meine Tasche mit dem Einmalschutzanzug und den Handschuhen, dem Skalpell, dem Pfefferspray, den schon aufgezogenen Medikamenten, dem Brenner sowie dem Haarschutz lag in meinem Spind.

Dazu noch eine Dose Gesichtscreme, damit keine trockenen Hautschuppen aus diesem Bereich auf den Tatort fallen konnten.

***

Sobald ich aus dem Institut draußen war, schnappte ich mir mein Fahrrad und machte mich auf in Richtung Fußgängerzone. Mein Fahrrad parkte ich um die Ecke der Spielhalle. Ich schaute auf die Uhr und stellte fest, dass ich noch ein paar Minuten Zeit hatte. Bis dahin beschäftigte ich mich mit meinem Handy. Die Standortbestimmung hatte ich morgens schon ausgeschaltet.

Nun war es soweit. Ich ging mit der Tragetasche und den Utensilien in das dunkle Foyer der Spielhalle. Von dort sah ich zwei Männer an zwei Spielautomaten, die allerdings im Begriff waren, zu gehen. Ich ging wieder vor die Türe und wartete bis diese hinausgegangen waren. Nach einer kurzen Weile verließen sie die Spielhalle und gingen in die Fußgängerzone hinein. Sofort betrat ich wieder das Foyer. Innerhalb weniger Sekunden zog ich die Schutzklamotten an, nahm mein ,Werkzeug' und stellte mich flach an die rechte Seite der Foyerwand. Der Chef war wohl noch eine Weile in seinem Büro, welches sich hinter der Theke befand. Dann hörte ich, wie eine Tür zuging und abgeschlossen wurde. Ich sah ihn um die Theke herumgehen und die schwarze Ledertasche mit den Einnahmen in die linke Hand nehmen.

Es ging wie üblich alles ganz schnell. Er kam auf das Foyer zu, ich trat nach vorne. Er sah mich mit großen Augen an und sprach zu mir: „Was willst du Freak..." Ich gab ihm keine Möglichkeit zu Ende zu sprechen, denn sofort setzte ich das Pfefferspray ein. Zu meiner Verwunderung wehrte er sich relativ stark, sodass ich zu meinem Elektroschocker greifen musste, um ihn wirklich lahmzulegen. Als der Typ endlich am Boden lag, rammte ich ihm die Spritze in den hinteren Mundraum und injizierte die tödliche Dosis. Nun kam die Routine wieder. Ich schnitt ihm schnell die Zunge heraus, tütete sie in einen Gefrierbeutel ein und verbrannte ihm dann die Mund und Rachenhöhle. Nach gefühlten fünf Minuten, die in Wirklichkeit maximal zwei waren, verließ ich wieder in meiner normalen Kleidung den Ort des Geschehens. Unter meinem linken Arm befand sich, wie selbstverständlich, die Geldtasche. Unauffällig schlenderte ich um die Ecke zu meinem Fahrrad und fuhr eher langsamen Trittes nach Hause.

***

Am nächsten Tag wurde ich schon an der Abteilungstür von dem Assistenzarzt mit einer besonderen Geste empfangen. Nach einem lieblosen ‚Guten Morgen' deutete er mit der linken Hand ein Herausziehen der Zunge an und mit der rechten machte er eine Schneidebewegung. Ich schaute ihn gekünstelt fragend an und ging in den Umkleideraum.

***

Das Obduktionsteam saß um den Esstisch herum. Jan Rühlemann nahm sich eine Tasse und goss sich aus der gemeinschaftlichen Maschine einen Kaffee ein. Der Assistenzarzt, welcher Rühlemann am Eingang so skurril begrüßt hatte, setzte sich dazu. Kaum einen Schluck aus der bereits abgestellten Tasse genommen, sagte der Arzt: „Jan, seitdem du hier bist, ist es gruselig in unserer Stadt. Vorher haben wir nicht solche perversen Taten gehabt. Du scheinst uns und der Bevölkerung echt kein Glück zu bringen." Rühlemann schaute in die Kollegenrunde, die ihn mitleidig anlächelte und sagte zu Malz: „Da hast du Recht, Joey, ich bringe irgendwie Pech." Der Chef, Doktor Kaltenborner, beendete die frühmorgendliche Kaffeerunde mit den Worten: „So liebe Leute, lasst uns anfangen, die Menschen in unserer Stadt wollen Ergebnisse, wir müssen und werden sie ihnen liefern."

***

Die Obduktion begann wie immer und üblich, diesmal wieder in Anwesenheit von Staatsanwalt Rudolf Mühlebach und Oberkommissar Hans Jürgen Pottschwenk.

Nach circa zweieinhalb Stunden setzte Rühlemann die letzte Naht und die Leiche wurde wieder in ein Kühlfach geschoben. Er begann mit der Reinigung des Tisches und des Arbeitsplatzes. Der nächste Fall war eine ältere Dame, welche am Wochenende von einem Stadtbus angefahren und tödlich verletzt wurde. Man merkte, wie die Anspannung der ersten Obduktion komplett nachließ und wieder die ‚einfache' Routine abgespult wurde. Laut

Zeugenaussagen war die Dame wohl gestolpert und in die Busspur gefallen. Manipulationen Dritter seien durch Zeugenaussagen und öffentliche Kameras ausgeschlossen. Eine Zuckerkrankheit war nebenbei noch bekannt und man vermutete eine fehlerhafte Insulindosierung beziehungsweise eine Unterzuckerung, die zum fatalen Sturz geführt hatte. Obduktionsleiter war Oberarzt Doktor Reiber, der Rühlemann während der Leichenöffnung immer wieder seltsam und verwundert ansah.

***

Das kriminaltechnische Labor konnte endlich einen kleinen Erfolg verbuchen. Die auf der Leiche des Spielhallenbesitzers asservierten Spuren enthielten auch ein Haar einer Augenbraue, welches nicht genetisch dem Toten zugeordnet werden konnte. Die DNA-Analyse zeigte ein Ergebnis, mit welchem niemand gerechnet hätte. Eine zweite Analyse brachte das gleiche Ergebnis. Die gefundene DNA war vom sogenannten ‚Klinik-Mörder‘, welcher vor vielen Jahren in Süddeutschland einige Morde begangen hatte. Alle Opfer waren entweder im Krankenhaus beschäftigt oder waren Patienten oder Angehörige von Kranken. Bei seinem letzten Mordversuch an einem vermeintlichen Patienten, welcher in Wirklichkeit allerdings ein Beamter einer Sondereinheit war, wurde er verletzt und festgenommen. Er wurde zu lebenslanger Haft verurteilt und aufgrund der Schwere und Kaltblütigkeit seiner Vorgehensweise unter sogenannter Sicherungsverwahrung in einer forensisch-psychiatrischen Haftanstalt untergebracht. Dort gelang ihm nach fast sechs Jahren die Flucht, indem er den Anstaltsseelsorger kaltblütig umbrachte und mit seiner visuellen Identität und dem dazugehörigen Transponder die Haftanstalt verlassen konnte.

Petersson kannte sich in Sachen Fleischspeisen und Tierfutter als Lebensmittelchemiker besonders gut aus, da es sein Spezialgebiet war und er als gefragter Experte häufig deutschlandweit unterwegs war. So war es auch nicht verwunderlich, dass er eines Tages das von seinem Nachbarn Jan Rühlemann für die beiden Hunde überreichte Fleisch genauer unter die Lupe nahm. Muskelfasern, welche er mit bloßem Auge in zwei Fleischstücken fand, kamen ihm suspekt vor und so legte er eine kleine hauchdünne Probe in seinem kleinen Labor im Keller unter ein Mikroskop. Was er dort sah, machte ihn einerseits nachdenklich, andererseits schaute er unglaubwürdig aber geschockt an dem Mikroskop vorbei. Er verharrte einige Minuten und dann kam es als halb verschluckte Laute aus seiner Kehle heraus: „Zunge…aber nicht vom Hirsch…das ist Menschenfleisch." Er lehnte sich in seinem Arbeitssessel zurück, zog seine Brille aus und merkte, wie ihm das Blut aus den oberen Körperteilen versackte. Petersson atmete mehrmals tief durch und ging dann rasch in einen anderen Kellerraum, wo er innerhalb weniger Sekunden eine Flasche eines italienischen Rotweins entkorkte und eine größere Menge in ein verstaubtes, in einem Regal stehendes Rotweinglas goss und dieses in einem Zug ausleerte. Langsam kam die Wärme wieder zurück in sein Gesicht und er ging sichtlich angeschlagen hoch in das Badezimmer, machte sich halbherzig nachtfertig und legte sich dann in sein Bett. Er machte die ganze Nacht kein Auge zu. Intensiv überlegte er, wie er die Sache weiterverfolgen und wie er Rühlemann in ein Gespräch verwickeln könnte, um an nähere Informationen zu kommen. War Rühlemann der gesuchte Mörder oder bekam er die Fleischstücke von seinem Kollegen? Ein Schaudern lief Petersson über den Rücken. Petersson wollte erst einmal etwas Zeit vergehen lassen, bevor er Jan Rühlemann in das geplante Gespräch verwickeln würde. Diese Gedanken brauchte sich Petersson allerdings nicht mehr lange zu machen, denn manche Dinge erledigten sich fast von selbst.

***

Ich brauchte dringend Geld – meine Spielsucht konnte ich nicht in den Griff bekommen und ich wollte wieder weg von hier. Ich hatte mich vor ein paar Tagen in einem Internetportal massiv ‚verspielt' und wieder knapp 1000 Euro verloren. Bevor die Bank diesem Treiben auf die Schliche kam, musste ich meine Zelte wieder abbrechen. Da ich durch diverse Besuche bei meinem Nachbarn Petersson herausgefunden, dass dieser auch eine Menge an Bargeld zu Hause hatte und ich genau wusste, wo dieses gelagert war, wollte ich unbedingt an eben jenes herankommen. Ich dachte, dass ich diese ‚Besorgung' mit meinem letzten Auftritt in dieser Region verbinden würde. Da mich Petersson in seiner gesamten Gestalt sowohl in Bezug auf seine Arroganz, als auch seine – wie ich finde – gespielte Freundlichkeit sowie in seinem Aussehen an meine Hass-Person aus dem Heim erinnerte, würde ich ihm auch einen adäquaten und gebührenden Abschied kredenzen.

Bei einem kleinen Smalltalk verwickelte ich ihn alsbald in ein kurzes Gespräch über Berufe und erfuhr dabei, dass er in seiner aktiven beruflichen Zeit als Lebensmittelchemiker beim hiesigen Gesundheitsamt gearbeitet hatte. Nach ein paar Minuten sagte er, dass er dieses Gespräch mit mir vertiefen wolle und so verabredeten wir uns für den nächsten Freitag um 20:00 Uhr. Er wolle eine Kleinigkeit auf den Grill legen. Das passte mir sehr gut und ich plante – wieder in der Wohnung angekommen – wie ich diesen Abend ‚gestalten' würde. Als erstes schrieb ich meinem Freund Tamás in Holland, dass ich wieder einmal seine

Hilfe brauchte. Ich benutzte absichtlich kein Handy, um nicht die kleinsten Hinweise meiner Planung preiszugeben. Wenn er es schaffte, mich an diesem Abend hier aus der Stadt zu schleusen, sollte er auf seinem Facebook-Account ein Foto vom Meer in Holland posten. So mussten wir nicht direkt miteinander kommunizieren.

Am darauffolgenden Mittwoch erschien ein wunderschönes Strandbild von Hollands Nordküste mit dem Untertitel ‚Vorsichtig sein, das Leben hier ist schön!‘ Natürlich wusste ich sofort, was er meinte und war gleichzeitig froh, dass es klappte. Ich war ziemlich gespannt, was er sich als ‚Transportmöglichkeit‘ einfallen ließ.

***

Petersson wollte sicherheitshalber nicht ganz schutzlos und unvorbereitet in das Gespräch gehen und so informierte er zunächst nur die zuständige Polizeiwache über die geplante Aktion und bat, ab 20:00 Uhr einen Streifenwagen in der Nähe zu halten. So fühlte er sich besser und wusste, dass die Beamten innerhalb weniger Sekunden an seinem Haus sein würden. Er gab als Vorwand an, dass ein Bekannter ihn erpresste und dieser wohl an diesem Abend bei ihm auftauchen würde. Sehr clever war diese Idee von dem immer noch geschockten Petersson aber nicht, wie sich herausstellen sollte. Da der zuständige Dienststellenleiter der Polizeiwache von der kommenden Aktion erfuhr und dieser sehr skeptisch bezüglich des bevorstehenden Abends war, nahm dieser auch Rücksprache mit einem mobilen Einsatzkommando, welches sich ebenfalls um die ausgemachte Uhrzeit in der Nähe aufhalten sollte, um gegebenenfalls schnell und sicher eingreifen zu können.

Petersson wusste natürlich nicht hundertprozentig, dass das Zungenfleisch von Rühlemann besorgt wurde, doch kam im Grunde genommen nur er oder sein Fleischlieferant in Frage. Das wollte er auf jeden Fall an diesem Abend herausbekommen.

***

Da ich vermutete, dass Petersson das bevorstehende Treffen nicht ohne Unterstützung plante, nahm ich mir vor, nicht um 20:00 Uhr, sondern kurz vor 19:00 Uhr bei ihm aufzutauchen. Für die benötigten Maßnahmen wie Smalltalk, überwältigen, Petersson ausschalten und an das Geld zu kommen, rechnete ich mit maximal zehn Minuten. Weitere fünf Minuten würde ich bis zum Treffpunkt mit Tamás brauchen. Ich dachte, dass ich in diesem Falle auf die Entnahme der Zunge verzichten würde. Endlich war der Zeitpunkt gekommen, hier abzuschließen und eine andere Herausforderung anzunehmen.

***

Der Freitag war gekommen. Rühlemann machte seinen Job an diesem Freitag sehr konzentriert. Er schien seinen Kollegen gegenüber sogar etwas sentimental. Morgens stellte er einen großen Teller mit Kuchenteilchen auf den Tisch im Aufenthaltsraum und antwortete auf die Frage, ob er denn Geburtstag hätte, mit einem: „Nein, mir war einfach danach." Die Mitarbeiter des Institutes schnappten sich im Vorbeigehen jeweils ein Teilchen und genossen den schnellwirksamen Zucker gegen die stressige Arbeitslaune. Jan Rühlemann lehnte in der Mittagspause dankend eine Portion Wildfleisch von seinem Arztkollegen ab – er brauchte nämlich ab heute kein Fleisch mehr – insbesondere keines mehr für den Nachbarn.

Gegen 16:45 Uhr verließ Rühlemann das Institut für Gerichtsmedizin und verabschiedete sich wie immer mit den Worten: „Schönes Wochenende zusammen!" Sein Sektionskollege Joey rief ihm noch mit einem Lachen aus der Umkleidekabine hinterher: „Pass auf dich und deine Zunge auf, wenn du heute Abend auf Tour gehst." In sich hineinlächelnd setzte er seinen Weg fort.

***

Zu Hause angekommen, überprüfte Rühlemann noch einmal seine Reisetasche. Unterwäsche, T-Shirts, zwei Pullis und zwei Hosen sowie Rasier- und Waschzeug waren bereits am Vortag verstaut worden. Seine aktuellen Papiere befanden sich in der Außentasche. Ein mittelgroßes Handtuch deckte schließlich seine Sachen ab. Die Bettwäsche sowie seine anderen Kleidungsstücke hatte Rühlemann schon vor einer Woche in die örtliche Müllverbrennungsanlage verbracht. Radio und weitere elektrischen Geräte ordnungsgemäß entsorgt. Seine kleine Dachgeschosswohnung saugte und reinigte er seit Wochen jeden Abend, um eventuelle DNA-Spuren zu entfernen. Seit dieser Zeit lief er auch nur noch mit einem Einmalanzug aus der Kriminaltechnik und einer Haarhaube in der Wohnung herum. Das Waschbecken und der Siphon wurden gründlichst gereinigt. Kein noch so kleines Haar war nun mehr nachweisbar.

Nun packte er die Tasche, um die Tat zu vollbringen. Der Elektroschocker, das Skalpell, die 20 Milliliter Spritze der tödlichen Injektion, der Brenner, das Pfefferspray sowie die Schutzkleidung waren schließlich verstaut. Er schaute auf seine Uhr und sah, dass es Zeit wurde, Petersson aufzusuchen. Um Punkt 18:55 Uhr stand Rühlemann vor der Haustüre von Petersson und klingelte.

***

Petersson öffnete erfreut und begrüßte Rühlemann herzlich mit den Worten: „Hallo

Nachbar, schön, dass du gekommen bist, Jan."
Man umarmte sich freundschaftlich und
Rühlemann trat in den Flur hinein. Petersson gab
zu verstehen, dass er rasch zwei Bier holen würde
und verschwand in Richtung Küche. Jetzt war die
Zeit gekommen. Rühlemann zog sich innerhalb
weniger Sekunden den dünnen Overall, die
Haube, die Überschuhe und die Handschuhe an.
Als nächstes holte er den Elektroschocker aus der
Tasche. Verdutzt stand plötzlich Petersson mit
den zwei Bierflaschen vor ihm. Den Mund offen
vor Schreck und ehe das „Jan..." zu Ende
gesprochen war, brachte der elektrische Strom
Petersson zu Fall. Er fiel quasi wie ein Stein unter
Speichelfluss auf den Hinterkopf und war sofort
ohne Bewusstsein. Innerhalb weniger Sekunden
spritzte Rühlemann eine dreiviertel Ladung der
tödlichen Injektion in die Zungenbasis. Die
Zunge würde er belassen, sagte er sich
wiederholt. Rühlemann ließ den älteren Herrn im
Flur liegen und begab sich Richtung Geldscheine.

Er öffnete die Vitrine und nahm… einen Zettel aus der Holzschachtel heraus. „Mein Geld bekommst du nicht!", las er mit zitternder Stimme vor. Rühlemann spürte Schweißperlen auf seiner Stirn. Todblass und bewegungsunfähig stand er im Raum. Er dachte, dass er Tamás 3000 Euro für seine Hilfe geben wollte. Rühlemanns Blick fiel auf die große schwere Wanduhr. Es war 19:17 Uhr. Plötzlich fiel ihm wieder ein, dass er für 19:30 Uhr mit Petersson verabredet war. ‚Vermutlich wird es hier bald voller Polizisten wimmeln', dachte er sich. Er musste hier weg. Er warf einen letzten Blick auf Petersson, der ihm in diesem Augenblick sogar etwas leidtun hätte können, wenn das mit dem Geld nicht passiert wäre. Er flüsterte dem auf dem Boden Liegenden zu: „Tut mir leid, Oskar, das hast du eigentlich nicht verdient – aber ich konnte nicht anders." Dann zog er sich rasch die Schutzkleidung aus und verstaute alles in seiner Reisetasche.

***

Meine wichtigsten Utensilien hatte ich verstaut —
vieles hatte ich in den letzten Wochen ja schon
vernichtet. Hansens, meine Vermieterfamilie, war
einige Tage an der Lübecker Bucht zum
Ausspannen. Ich konnte also mühelos meine
Vorbereitungen treffen.

Mit der Reisetasche ging ich in meinem
Jogginganzug über die Terrasse und den relativ
uneinsehbaren Garten auf die Straße. Es war
keine Spur von irgendwelchen Einsatzkräften zu
sehen, genauso wenig waren ‚gefakte' Baustellen
vor dem Haus errichtet worden, wie es manchmal
in Krimis vorkam. Ich ging normalen Schrittes
um die Ecke, als ich plötzlich einen
Krankentransportwagen mit blinkendem
Blaulicht sah. ‚Ok', dachte ich. ‚Jetzt war es
vorbei. Gleich würde die Spezialeinheit auf mich
zustürmen oder mich kampfunfähig schießen.'
Gerade als ich mich umdrehen wollte, kam ein

Mann um das Auto herumgelaufen und winkte mir zu. Er hatte eine Uniform an, die wohl dem Rettungsdienst zuzuordnen war. Da erkannte ich ihn – Tamás. Ich war heilfroh, dass er mich gefunden hatte und gleichzeitig wieder einmal sehr überrascht, über seine Tarnung. Er war wirklich ein ausgebuffter Profi, in Sachen unentdeckt bleiben. Nun ging ich rascheren Schrittes auf ihn zu, umarmte ihn und stieg hinten in den Wagen ein. Dort lag eine zweite Rettungsdienst-Uniform, welche ich mir schnell anzog. Wir fuhren schon auf die Landstraße. Nach einem kurzen Halt war ich inzwischen nach vorne auf den Beifahrersitz gelangt. Es ging weiter Richtung Nordseeküste, um dann über die Elbe mit einer Fähre zu entkommen. Tamás berichtete mir, wie er an den Rettungswagen gelangt war. Er lieh ihn sich von einem deutschen Kumpel, welcher ihn zum Campingmobil umgebaut hatte. Ein paar Farbanstriche hier und dort sowie das elektronische Doppelblaulicht machten alles perfekt.

Plötzlich sahen wir sie. Mich überkam ein kleiner Schock. Da es schon dunkel war, sahen wir das blaue Leuchten schon von Weitem. Es schien eine Straßensperre zu sein. „Wir sind geliefert", hörte ich mich nur noch laut sagen. Tamás klopfte mir auf die Oberschenkel, drückte mir ein paar Papiere in die Hand, unter anderem einen Personalausweis, und sagte cool: „Warte mein Lieber, wir machen das schon." Ich war schon ein wenig in Schockstarre und sah mich wieder in der forensischen Haftanstalt. Da schaltete Tamás das Blaulicht mit dem zusätzlichen Sondersignal ein. Wir fuhren mit gleicher Geschwindigkeit geradeaus weiter auf die Sperre zu. Zu dem Blaulicht der Einsatzfahrzeuge kamen jetzt noch mehrere grelle rote Leuchten dazu, die zum Anhalten aufforderten. Tamás ging langsam vom Gas und damit von der Geschwindigkeit herunter. Wir hatten noch ungefähr 300 Meter bis zur Sperre. Als wir fast an der ersten roten Leuchte angekommen waren, sprangen etwa sechs Polizisten auf die Fahrbahn und ruderten mit roten Handleuchten herum. Tamás ließ immer noch das Sondersignal an. Jetzt waren wir mitten in der Straßensperre. Mein Adrenalin sowie mein Blut schossen gleich aus meiner Schädeldecke heraus. Mein Herz schlug hörbar und sehr schnell. Ich ging alles durch. Papiere zeigen, gegebenenfalls in den Patiententransportraum schauen und so weiter.

Im gleichen Augenblick, in dem ich die erforderlichen Maßnahmen gedanklich durchstrukturierte, traten die Polizisten von der Straße zurück und winkten uns durch. Ich glaube, so erleichtert wie da, war ich noch nie in meinem Leben.

Wir fuhren noch ein paar Kilometer mit Sonderrechten weiter, bis wir kurz vor der Fähre angelangt waren. Dort stand der Wagen von Tamás. Ein älterer Pick-Up. Den Krankenwagen bauten wir innerhalb von 30 Minuten wieder in einen optischen Campingbus um. Das Blaulicht und die Magnetschilder des Rettungsunternehmens wurden entfernt und die Leuchtfarben rasch mit einem dunklen Rot übersprüht. Zuletzt wurden wieder die richtigen Kennzeichen montiert.

Nun konnten wir wirklich relaxt auf die Fähre. Auf der anderen Seite der Elbe ging es dann weiter Richtung Nordholland. Alles war wieder einmal perfekt von Tamás organisiert. Wir waren in Sicherheit und er stellte sympathischer Weise wie immer keine Fragen. Jetzt brauchte ich wirklich eine Pause in Freiheit. Die neue Identität plante Tamás bereits eloquent. Die Frage, mit welchem Beruf ich mich wieder irgendwann in den Arbeitsalltag einschleichen würde, stand aber noch offen. Wir würden sehen. Eine Idee hätte ich aber schon, um wieder in die Mitte der

Gesellschaft zu infiltrieren. Geld zum Leben und zur Befriedigung meiner Spielsucht brauchte ich in jedem Fall. Und mit Drogen und ähnlichem wollte ich nichts zu tun haben. Ich quasi irgendwo als seriöser Angestellter, der seine Psychopathologie und seine Misanthropie getarnt ausleben konnte. Am besten wäre es inmitten von… Nein, das werde ich gedanklich erst genauer durchspielen, ehe ich mich dazu äußere…

Thore Stonewood – ein 1978 geborener Sohn eines amerikanischen Soldaten, dessen deutsche Mutter ein kleines Hotel in einer kleinen Pfälzer Weinstadt hatte.

Nach dem Abitur in Ludwigshafen studierte er ein paar Semester Medizin – unter anderem in Frankfurt am Main – stellte aber fest, dass es zumindest nicht sein Traumberuf werden könnte und legte im Anschluss ein Studium der Anglistik und des Journalismus hinterher. 2006 lernte er bei einem Urlaub an der US-Westküste – dort, wo sein Vater geboren wurde – eine US-Amerikanerin kennen und lebte dort einige Jahre in einem Vorort von Los Angeles mit ihr und ihrem Kind sowie einem gemeinsamen Kind. Während der Zeit begann er für zwei Tageszeitungen und ein Boulevardmagazin Berichte zu verfassen. Schließlich schrieb er mehrere Jahre Kurzromane, in denen sein erstes Studium – also die Medizin – immer wieder eine Rolle spielte.

Seit 2016 lebt er wieder alleine in Deutschland und war in einigen regionalen Tageszeitungen journalistisch tätig. Dieses kleine Werk ist nun in Deutschland sein zweiter Kurzroman.